A mis padres.
R. O.

Historia de Uno

Rosa Osuna

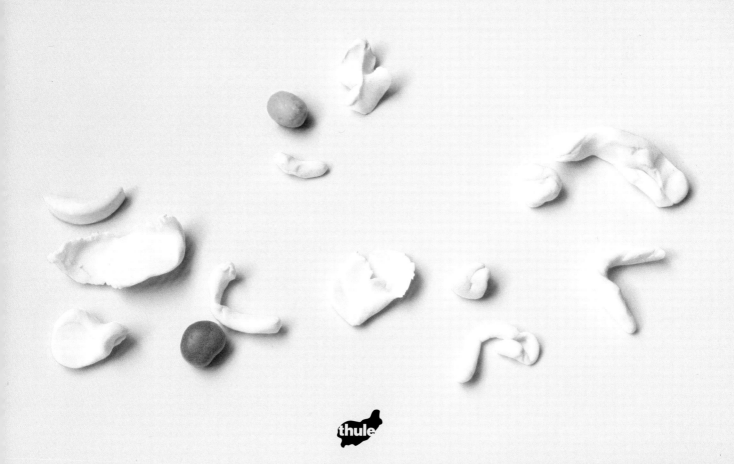

thule

Hola.
Me llamo Uno.

Nací en una mesa
rodeado de extraños objetos.

Mientras unas manos me daban forma
haciéndome cosquillas,
me preguntaba cómo iba a ser yo.

Cuando me vi por primera vez me gusté bastante,
pero si hubieran pedido mi opinión
creo que habría quedado aún mejor.

Me habría puesto
unos ojos más brillantes y expresivos.

Y unas piernas más largas
para poder calzar unas botas de siete leguas
y echar carreras con una rana.

Y una boca grande llena de dientes
para comer bocatas gigantes
y cantar a pleno pulmón,
en la ducha y en todas partes.

Incluso me habría puesto un toque de color.

¿A ti qué te parece?... ¿estoy bien así?

El caso es que me han terminado
y me han dejado aquí solito.
Miro a mi alrededor y me pregunto
quién soy yo y para qué sirvo.

Tal vez soy un personaje de alguna historia que todavía no se ha escrito.

A lo mejor soy un superhéroe muy fuerte
y ayudo a la gente y me hago famoso.

O un artista.

O un científico estudioso y sabio.

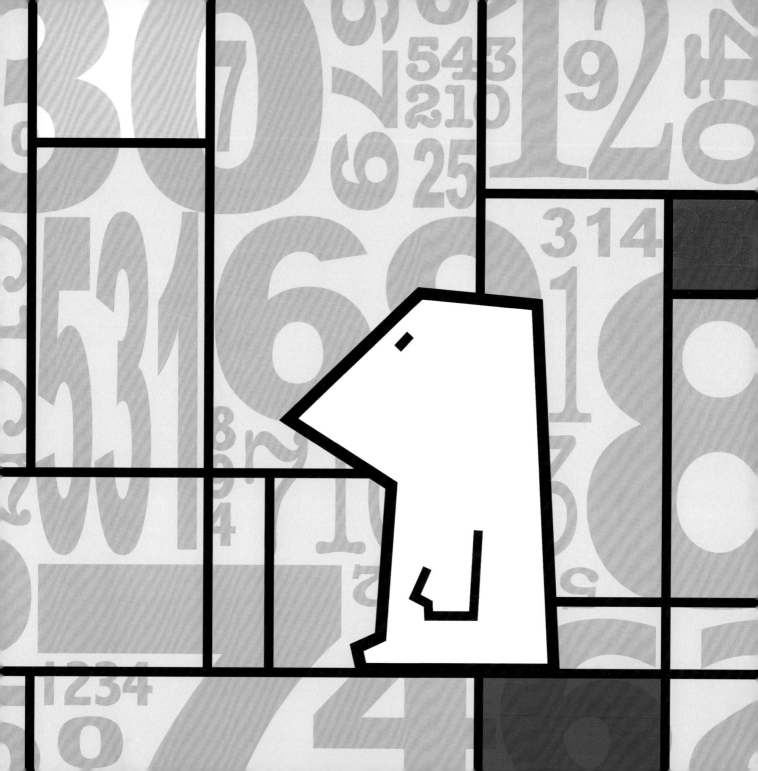

O un músico.

O el protagonista de un cuento muy alegre.

O alguien terrible y peligroso
de quien hay que salir huyendo
y esconderse debajo de la cama.

Quizá sólo soy un muñeco de plastilina
que no vale para nada
y que acabará quién sabe dónde.

Pero mientras yo esté aquí y tú me escuches
me gustaría ser tu amigo.

Y compartir contigo todas las sorpresas
de esta habitación.

Porque ¿quién sabe? A lo mejor un día tú y yo formamos parte de una bonita historia.

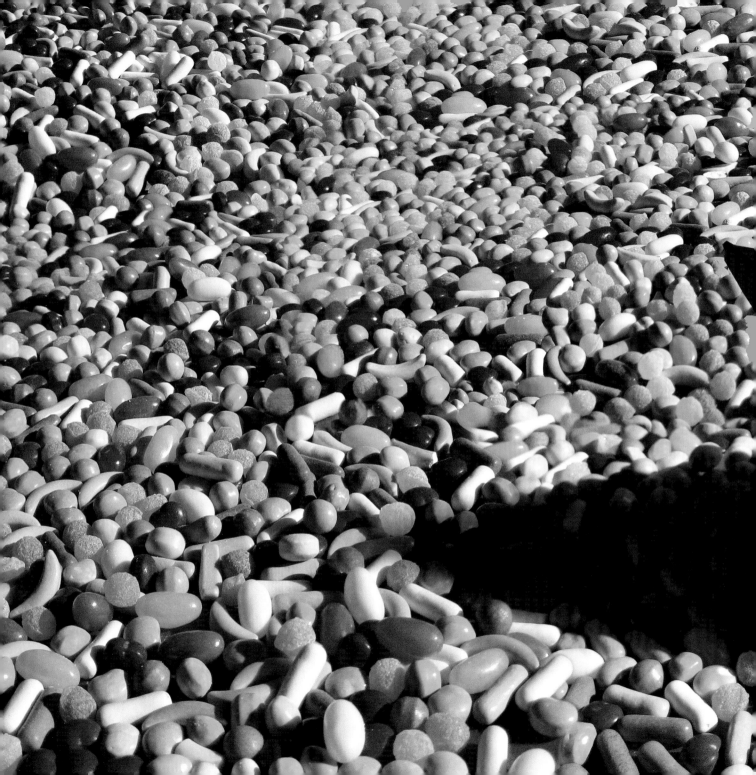

Historia de Uno

© 2010 Rosa Osuna (texto e ilustraciones)
© 2010 Thule Ediciones, SL
Alcalá de Guadaíra, 26, bajos
08020 Barcelona

Director de colección: José Díaz
Maquetación: Jennifer Carná

EAN: 978-84-92595-48-8
D.L.: B-13734-2010

Impreso por Grabasa, Barberà del Vallès

www.thuleediciones.com